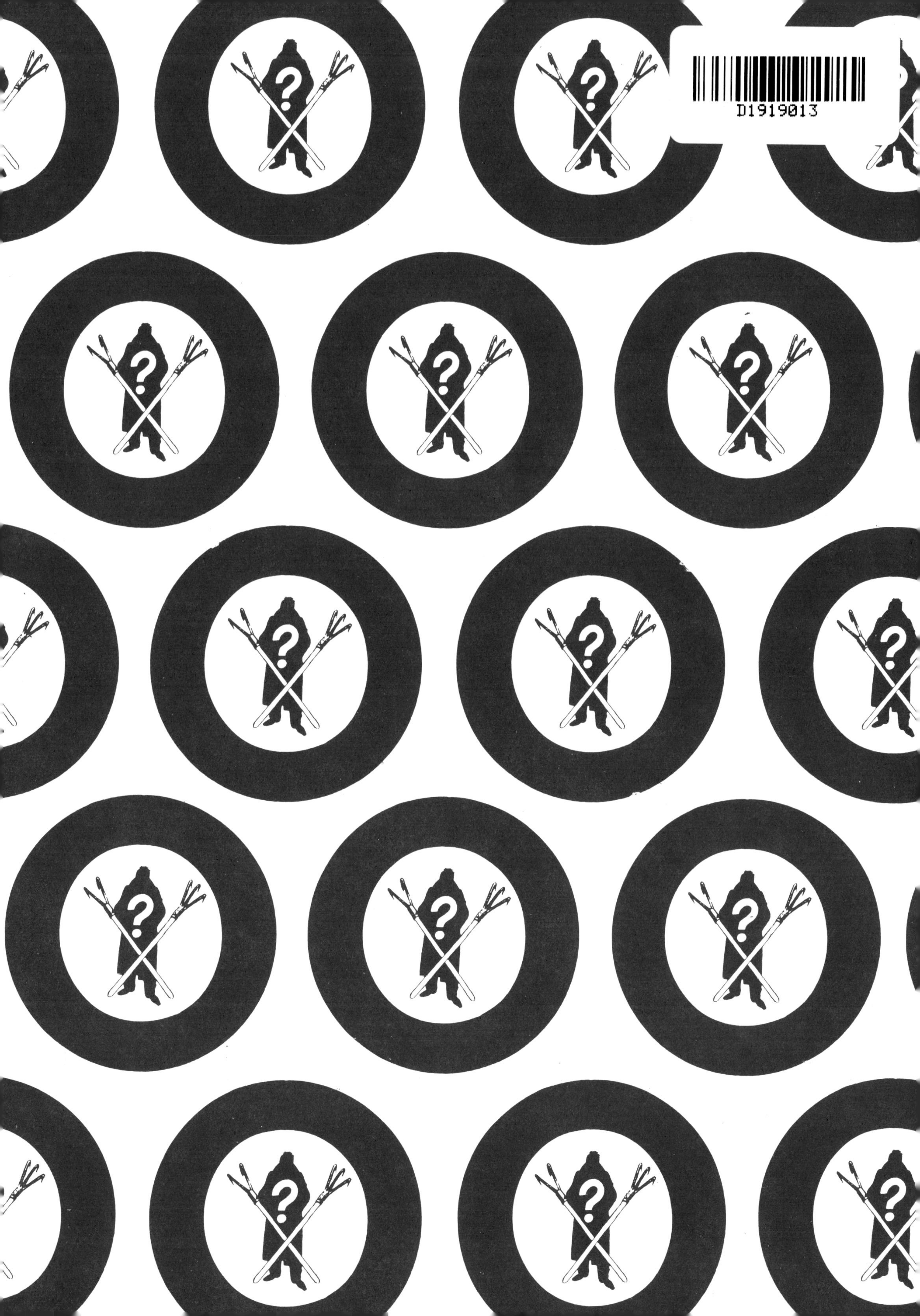

RODOLPHE FERRANDEZ

DER MEISTER DER NACHT

DER MANN MIT DER KRALLE (2)

BLUE CIRCLE

DER MEISTER DER NACHT

ÜBERSETZUNG : DRUKWERK - AMSTERDAM.
GELETTERT VON : FRITS JONKER.

ISBN 90 6717 020 8

RODOLPHE & J. FERRANDEZ
DER MEISTER DER NACHT
PARIS IN DEN FÜNFZIGER JAHREN ... EINE WAHRE FLUT VON VERBRECHEN ERSCHÜTTERT DIE HAUPTSTADT UND VERSETZT DIE EINWOHNER IN EINEN ZUSTAND VON FURCHT UND STÄNDIGER ANGST. KOMMISSAR RAFFINI, SEINE ASSISTENTEN MORLAINE UND SIMON UND SEIN FREUND, DER ARCHIVAR MEVEL, SIND DAVON ÜBERZEUGT, DASS DIE MORDSERIE DAS WERK EINES EINZIGEN TÄTERS IST... EINES WAHNSINNIGEN, DER JEDES SEINER VERBRECHEN MIT EINEM ZEICHEN VERSIEHT: EINER SCHRECKLICHEN KRALLE. MIT DER HILFE DES BRUDERS DES MÖRDERS, DER SICH EBENFALLS BEDROHT FÜHLT, STELLEN SIE IHM EINE FALLE... WÄHREND DER DARAUFFOLGENDEN VERFOLGUNGSJAGD FLIEGT DER TÄTER MIT SEINEM MOTORRAD AUS DER KURVE UND LANDET IM TRÜBEN WASSER DES CANAL DE L'ARCQUE!* DOCH WÄHREND PRESSE UND FUNK DEN TOD DES "MANNES MIT DER KRALLE" MELDEN, UND DAS VOLK ERLEICHTERT AUFATMET, MACHT KOMMISSAR RAFFINI SICH WEITERHIN SORGEN: DIE LEICHE DES TÄTERS KONNTE NOCH NICHT GEFUNDEN WERDEN, UND VERSCHIEDENE DINGE DEUTEN AUF MÖGLICHE MITTÄTER HIN... KÖNNTE SOGAR EIN BUND DER KRALLE BESTEHEN...?
KOMMISSAR RAFINI
INSPEKTOR MORLAINE
BALTHASAR DE SAINT-PAUL
GERARD MEVEL
INSPEKTOR SIMON
ALFRED DE SAINT-PAUL
BASIL P. THOMPSON
* SIEHE "DER MANN MIT DER KRALLE"

AN EINEM TAG...
..WAR ICH WIEDER IN WESTLAKE..
...WIEDER ALS KIND...
MAM, DARF ICH SPIELEN GEHEN?
...VERBOTE...
ALLRIGHT... ABER VERGISS NICHT DAS ESSEN UND GEH NICHT ZU WEIT WEG...
..VERLOCKUNGEN..
...UND BLEIB WEG VON DEN TÜMPELN!

DAS WASSER DES SEES WAR SCHWARZ WIE TINTE...
DER HIMMEL BEZOG SICH, UND GROSSE, DUNKLE WOLKEN KAMEN ÜBER DIE HÜGEL...
...AM UFER STANDEN ZWEI KINDER...
...MERKWÜRDIG GEKLEIDET...
WIR STARRTEN INS WASSER...
...PLÖTZLICH...
LOOK! THERE!

DAS WASSER BEGANN ZU BRODELN...
BLUB
BLOUB
EINE GESTALT TAUCHTE AUF...
...FURCHTEINFLÖSSEND...
...ABSTOSSEND...
ICH VERSUCHTE ZU FLIEHEN, ABER, WIE WOHL IMMER IN SOLCHEN SITUATIONEN, SCHIENEN MEINE FÜSSE WIE FESTGENAGELT... DAS UNGEHEUER KAM NATÜRLICH NÄHER... ICH FING AN ZU SCHREIEN ...GOOD HEAVENS! ICH WACHTE VON MEINEM EIGENEN SCHREI AUF!
SORRY, ALFRED, WENN ICH MIT DIESER GESCHICHTE ERINNERUNGEN BEI DIR WACHRÜTTELE... DAS... MUSS WEH TUN, ABER ICH STEHE NOCH GANZ IM BANNE DES ALPTRAUMES... VOR ALLEM, WEIL ICH MICH SONST AN TRÄUME NIE ERINNEKE... UND DANN IST DA AUCH NOCH DIESER... ZUFALL...
ZUFALL ?!

JA, HABE ICH NOCH NICHT ERZÄHLT, DASS DIE BEIDEN KINDER IN MEINEM TRAUM, DIE AM SEE AUF MICH WARTETEN, SIE, KOMMISSAR UND MEIN FREUND ALFRED WAREN? IST ES KEIN ZUFALL, DASS ICH SIE BEIDE HEUTE ZUSAMMEN TREFFE..? UND DANN IST DA JA AUCH NOCH DAS UNGEHEUER... DAS DEM BRUDER UNSERES FREUNDES AUFS HAAR GLICH... ALSO KAMEN IN DEM TRAUM ALLE HAUPTDARSTELLER DES DRAMAS VOR... IST DAS NICHT EIGENARTIG, KOMMISSAR?
NAJA... TRÄUME...
MEINE HERREN, WÜRDEN SIE MICH ENTSCHULDIGEN... ICH MUSS WEG...
DANKE, PROFESSOR, FÜR IHRE INFORMATIONEN... WENN ES DIE UNTERSUCHUNG ERFORDERT, MUSS ICH SIE NOCH EINMAL BELÄSTIGEN... ABER ICH GLAUBE NICHT, DASS...
WAS DAS ANGEHT, KOMMISSAR...
ICH WOLLTE UNSEREN FREUND EINLADEN BEI MIR WIEDER ZU KRÄFTEN ZU KOMMEN! ICH WOHNE 20 KM VOR PARIS... ICH DACHTE, DASS NACH DEM SCHRECKLICHEN EREIGNIS ETWAS RUHE...
EINE PRIMA IDEE! ...VERGESSEN SIE NICHT, DIE ADRESSE ZU HINTERLASSEN?
HOPITAL
PASS AUF! DER MANN MIT DER KRALLE!

?
SCHNELL WEG! DA IST ER!... HA! HA!
TÜT TÜT
HALLO, MORLAINE!
STEIGEN SIE EIN, KOMMISSAR...
WAS NEUES ÜBER DAS MOTORRAD?... ABER, MORLAINE...
...WIE SEHEN SIE DENN AUS... SCHLECHT GESCHLAFEN?
PFF... SIE SAGEN ES... ICH HATTE EINEN ALPTRAUM... HABE KEIN AUGE ZUGEMACHT!
DIESER BERUF SCHAFFT MICH... ES WAR DER MANN MIT DER KRALLE ... DIESER BALTHASAR!... ER TAUCHTE AUS EINEM TEICH AUF UND...

NA, SIE SEHEN ABER AUCH NICHT ERHOLT AUS!... HAT SIE MEIN TRAUM ..?
NEIN, NEIN ... WAS SAGTEN SIE NOCH ÜBER DAS MOTORRAD ..?
O JA, DAS MOTORRAD! FALSCHER ALARM... WIR HABEN DEN KERL ERWISCHT... WAR FAST NOCH EIN KIND... SEIN ERSTER BRUCH! WEIL ER ES MIT DER ANGST BEKAM, LIESS ER DAS MOTORRAD STEHEN... DIESER FALL HAT ALSO NICHTS MIT DER SACHE ZU TUN...
ABER SIMON SCHEINT WAS GEFUNDEN ZU HABEN, DER SCHWARZE SEDAN IST AM ABEND DES DRAMAS IN ARCQUE FOTOGRAFIERT WORDEN... DAS IST DAS DRITTE BEWEISSTÜCK...
SO, SO...
...UND ES GIBT NOCH EINE SPUR! EINEN GARAGENBESITZER IN FONTAINEBLEAU... SO, WIR SIND DA...
NEUVILLE S/ARC
GIBT'S WAS NEUES?
LEIDER NICHTS, INSPEKTOR.
DIE LEICHE KANN SICH DOCH NICHT IN LUFT AUFGELÖST HABEN? IST DER KERL NUN TOT ODER NICHT ?! ES WAREN SO VIELE MENSCHEN AM KANAL, DASS ES MINDESTENS 50 ZEUGEN GÄBE WENN ER AN LAND GEKROCHEN WÄRE!
DAS SICHER ...
ES SEI DENN...
6

ACH, NICHTS BESONDERES ... NUR EINE VERMUTUNG ... MIR FIEL NUR GERADE EIN, DASS DIE TAUCHER EIN ABWASSERROHR ENTDECKT HABEN, DAS NAHE DER STRASSE IN DEN KANAL MÜNDET, 1 BIS 1½ METER UNTERM WASSERSPIEGEL ...
THEORETISCH MÖGLICH ...
... ABER KAUM WAHRSCHEINLICH ... ES IST NUR EINE VERMUTUNG MEHR IN UNSERER SAMMLUNG VON SPEKULATIONEN!
GEHEN WIR, MORLAINE, HIER FINDEN WIR NICHTS MEHR!
WENN ER DA DURCH IST ... DAS KÖNNTE SEIN ...
WO IST DER ERSTE AUSGANG?
EINIGE STUNDEN SPÄTER ...
DRiiiiiiNG
ABEL DE GARANCE
homme de lettres
GUTEN TAG, MADAME ...
OH, ARMAND, DAS IST DOCH NICHT NÖTIG ...
RAFFINI, ALTER JUNGE ... WIE GEHT'S?

WAS DIE UNTERSUCHUNG ANGEHT, SO HABE ICH KAUM NOCH ZEIT FÜR ETWAS ANDERES ... UND TROTZDEM KOMMEN WIR NICHT WEITER ...
ZWEI ODER DREI SPUREN, VON DENEN GERARD EUCH SICHER ERZÄHLT HAT...
ACH JA ... UND ETWAS MERKWÜRDIGES, DAS NICHT DIREKT ETWAS MIT DER SACHE ZU TUN HAT, ABER DAS FAST ROMANREIF IST ...
... EINE EIGENARTIGE ÄHNLICHKEIT DER TRÄUME VON ZWEI PERSONEN, DIE SICH, SOWEIT ICH WEISS, NOCH NIE BEGEGNET SIND...
... SIE TRÄUMTEN BEIDE, DASS SIE AN EINEM SEE ODER TEICH STANDEN, UND DASS AUF EINMAL EIN SCHRECKLICHES UNGEHEUER AUFTAUCHTE. SIE ERKANNTEN IN IHM...
... DEN MANN MIT DER KRALLE!
CLARA!

OH... ICH... WAS ARMAND ERZÄHLT...
JA?
DAS HAB' ICH AUCH GETRÄUMT!
IST DAS WAHR?
GANZ SICHER! DER MANN TAUCHTE AUS EINEM TEICH AUF, AN DEM ICH ALS KLEINES MÄDCHEN OFT SPIELTE... ER KAM LANGSAM AUF MICH ZU ...ES WAR SCHRECKLICH!...
ICH HATTE DEN TRAUM GANZ VERGESSEN... ERST ALS ARMAND VON DEM TEICH ANFING...
ENTSCHULDIGT, ES GEHT SCHON WIEDER... WIR KÖNNEN ESSEN.
DAS IST DOCH EIGENARTIG! KANN MAN DA NOCH VON ZUFALL SPRECHEN?
WER SIND EIGENTLICH DIE BEIDEN ANDEREN "TRÄUMER"? ODER IST DAS GEHEIM?
NEIN... EINER IST EIN GEWISSER THOMPSON, EIN FREUND VON DE SAINT-PAUL, EIN ALTER RAF-OFFIZIER ...EIN ECHTER BRITE... UND DER ANDERE IST MORLAINE...
...DER DOCH SONST IMMER SO PHANTASIELOS IST ...
ARMAND, SIND SIE SICHER, DASS NUR 2 ODER 3 PERSONEN DIESEN TRAUM HATTEN? VIELLEICHT HABEN HEUTE NACHT NOCH MEHR...
?
WAS HABEN SIE HEUTE NACHT GETRÄUMT?
9

...ICH ER-INNERE MICH NICHT ...
CLARA HAT VIELLEICHT RECHT: MAN ERINNERT SICH SELTEN AN SEINE TRÄUME... ICH HATTE EBEN DAS GEFÜHL, DASS ICH ...
MIR KOMMT DAS JEDENFALLS UN-HEIMLICH VOR! UND WER SAGT, DASS DAS ALLES NICHTS MIT DEM FALL ZU TUN HAT?
ABER WORAUF WOLLT IHR HINAUS? WOLLT IHR MIR WEISMACHEN, DASS DIE TRÄUME FERNGESTEUERT WERDEN, ODER WAS?... HÖRT MAL...
ICH BEHAUPTE NICHTS! ICH BIN KEIN EXPERTE, ABER BREUYER KÖNNTE UNS VIELLEICHT WEITERHELFEN... ER-INNERST DU DICH AN IHN? ICH HAB IHN DIR MAL VORGESTELLT ...ICH GEBE DIR DIE ADRESSE SEINER KLINIK...
SPÄTER...
CYCLES
DAS ERGIBT DOCH ALLES KEINEN SINN! TRÄUME SIND SCHLIESSLICH KEINE VERBRECHEN!... UND NIEMAND HAT EINEN VORTEIL DAVON.
DU SOLLTEST DICH LIEBER MAL FRAGEN, WOZU DIESE TRÄUME NÜTZLICH SEIN KÖNNEN, WO SIE HINFÜHREN... UND DANN BLEIBT NUR EINE ANTWORT...
JA..?
SIE MACHEN ANGST... LÖSEN PANIK AUS!
DOCTEUR CARL BREUYER
Clinique des Lilas
CHATENAY LES PONTS, AISNE 02
TEL: 55.

AM MORGEN ...
DES YEUX QUI FONT BAISSER LES MIENS UN RIRE QUI SE PERD SUR SA BOUCHE, VOILA LE PORTRAIT SANS RETOUCHE ...
DRING DRING
L'HOMMEL AUQUEL
JA, WAS GIBT'S?
WOHNT HIER MONSIEUR DE SAINT-PAUL?
JA ...
ICH SOLL ETWAS FÜR IHN ABGEBEN!
GUT, GIB ES MIR ...
NEIN, ICH SOLL ES PERSÖNLICH ABGEBEN ...
PERSÖNLICH? TJA, ER IST NICHT DA ... ER LIEGT IM BENOÎT-HOSPITAL ...
DANKE, MADAME! WIEDERSEHEN!
WAS BEDEUDET DAS NUN WIEDER?
LANDLEBEN, REINE LUFT, RUHE ... SIE WERDEN SEHEN, MY DEAR, IN DREI TAGEN SIND SIE WIEDER DER ALTE ...
KDT 59F
ABER, GOOD GRIEF, ICH HAB' NOCH NICHT MAL GEFRAGT ...
... OB SIE GOLF SPIELEN?
11

BEI MIR IN DER NÄHE IST NÄMLICH EIN GOLFPLATZ ... LEIDER GIBT ES NUR WENIGE PARTNER ...
KDT59E
MONSIEUR DE SAINT-PAUL ?... OH, DA HAST DU PECH ... DER IST GERADE ENTLASSEN ... IST ES DEIN GROSSVATER ?
ASSISTA
SOCIA
ACH, OLD FELLOW! WIE SCHÖN, DASS MAN SICH NACH ALL DEN JAHREN WIEDERSIEHT! KÖNNEN SIE SICH NOCH AN DIE ABENDE MIT DEM ALTEN O'BRIAN ERINNERN?
SUPER STAR
LAVAGE
NETT VON DIR, DASS DU IHN BESUCHST ... HIER IST DIE ADRESSE...
OH, ES BEWÖLKT SICH ... WIR SOLLTEN BESSER DAS VERDECK HOCHKLAPPEN ...
INZWISCHEN
REGEN! DAS FEHLTE GERADE NOCH! WAS FÜR EIN PECH ... ZUM GLÜCK BIN ICH DA ...
CLINIQUE DES LILAS
HÉ!
7649 PO 1

?
DA IST ER! PACKT IHN!
KOMMISSAR RAFFINI? ICH BIN DOKTER LANE... DER ASSISTENT VON BREUYER...
GUTEN TAG... ...WER IST DER MANN, DER MIR BEINAHE..?
SATAN!... ER IST EINER UNSERER PATIENTEN, SPEZIALIST IM AUSREISSEN... ER GLAUBT NÄMLICH, DASS ER DER TEUFEL IST... DESHALB AUCH SEIN SPITZNAME. ES FÄLLT IHM BEI SEINEN ESKAPADEN NICHTS BESSERES EIN, ALS FRAUEN UND KINDER ZU TERRORISIEREN...
KOMMEN SIE REIN, DER PROFESSOR WIRD DURCH EINE VISITE AUFGEHALTEN... ABER ER IST GLEICH DA. ICH FÜHRE SIE INZWISCHEN HERUM...
WIE SIE WISSEN, ARBEITET DER PROFESSOR NEBEN DEN HERKÖMMLICHEN METHODEN AUCH MIT HYPNOSE...
KEINE ANGST, SIE SIND HARMLOS...

DURCH HYPNOSE KOMMEN ALTE ERINNERUNGEN WIEDER HERVOR, SPONTAN ... DIES IST ALSO AUCH FÜR DAS TRAUMSTUDIUM VON GRÖSSTER BEDEUTUNG ...
DAS IST EINES UNSERER ANALYSEZIMMER ... DER PATIENT WIRD AN ELEKTRODEN ANGESCHLOSSEN UND MITTELS DIESES APPARATES KÖNNEN WIR AUF DEM SCHIRM DIE ALPHA-, BETA- UND DELTASTRAHLUNGEN, DIE IN DEN VERSCHIEDENEN SCHLAFPHASEN, AUFTRETEN, VERFOLGEN ...
SO KÖNNEN WIR DIE TRAUMFOLGEN GENAU ANEINANDERREIHEN ODER SIE GEGEBENENFALLS UNTERBRECHEN, WENN UNSERE ANALYSEN DIES ERFORDERN JA, UND GESTERN ...
BOM BOM
WAS IST DENN NUN WIEDER?
ENTSCHULDIGEN SIE ... ES IST WEGEN SATAN ... ER IST ZWAR WIEDER DA ...
27511 experiment: BREUYER/LANE
person : Fernand PAULIN (16.8.24)
Patient
24. Feb. 23.50 Uhr. Unterbrochene Paradoxe Phase
Fragensteller: BREUYER (LANE)
B: Können Sie sich erinnern, wo sich Ihr Traum abspielte?
F.P.: Jawohl, im Gehöft Bretigny, in der Nähe von Villefrance. Dort hatten meine Grosseltern einen Bauernhof.
B: Können Sie uns sagen, was da geschah?
F.P.: Ich war dort mit meinem Neffen Louis. Wir bauten einen Damm in den Bach, der in den Waschplatz mündete. Plötzlich wurde das Wasser trübe, sprudelte hoch und machte komische Geräusche.
B: Probieren Sie das mal zu beschreiben.
F.P.: Oh, erst ähnelte es einem Monster, dann einem abstossenden Wesen, bis es...bis es dem Mörder glich. Ja, dem Mörder aus der Zeitung. Der mit der Kralle tötet.
B: Gut, was fühlten Sie da?
SO, ALSO DOCH ...
DIE ZAHL DES UNTIERS 666! HA HA! HA!

AM MORGEN WIRD SICH DER HIMMEL ROT FÄRBEN ... DIE ERDE WIRD SICH ÖFFNEN ... UND MMPF...
MMPFT... DENN DER GOTT DER FLIEGEN ... MMPF... UND...
HE, SATAN! NUN MAL GANZ RUHIG!
ES TUT MIR LEID, DASS ICH SIE WARTEN LIESS! IN MEINEM BÜRO IST ES RUHIGER ... ICH FÜRCHTE, DASS WIR ES MIT EINER MYSTERIÖSEN SACHE ZU TUN HABEN ...
NICHT WEIT ENTFERNT...
ICH FÜRCHTE, MY DEAR, DASS UNSERE GOLF-PARTIE INS WASSER GEFALLEN IST ... IM WAHRSTEN SINNE DES WORTES...
ABER DAS SOLL UNS DIE STIMMUNG NICHT VERDERBEN ... SOBALD DER KAMIN ZIEHT, GIESSE ICH EINEN GUTEN TEE AUF ... HE, WAS WÜRDEN SIE ZU EINER PARTIE BRIDGE SAGEN?
ABER ALFRED? FÜHLEN SIE SICH NICHT WOHL? ...
RODOLPHE / J. FERRANDEZ

ICH DENKE... AN MEINEN BRUDER...
IHREN BRUDER ?
ICH WEISS, DASS ER IRRE IST, EIN MÖRDER, EINE GEFAHR FÜR DIE ÖFFENTLICHKEIT... WAS SOLL'S, BASIL, ICH HABE MIR VIEL VORZUWERFEN...
OF COURSE... DAS HABEN WIR ALLE... HIER DER TEE...
BALTHASAR IST SCHON IMMER KOMISCH GEWESEN, SELBST ZU SEINEN BEKANNTEN! WISSEN SIE, DASS ER SCHON ALS KIND GEISTER BESCHWOR ?
IST DAS WAHR ?
ICH ERINNERE MICH AN EINE NACHT, ALS WIR ALLE IM BETT LAGEN ... UND MEINE MUTTER...
CRAC
VICTOR! WACH AUF! SIEH! ... DER SCHRANK!
OOOAAH... WAS... IST ?
DER SCHRANK ... ER... ER BEWEGT SICH!
ABER... WIE ZUM TEUFEL ?!

ES FEHLTE NICHT VIEL, UND MEIN VATER WÄRE DAMALS ZERQUETSCHT WORDEN.
VICTOR!
UND DAS WAR NICHT DAS ERSTE UND NICHT DAS LETZTE MAL, DASS SO ETWAS PASSIERTE... EINES TAGES FIELEN DIE TELLER VOM TISCH, AM ANDEREN ZERRISSEN DIE GARDINEN ... UND DANN ...
SEHT, DIE LAMPE!
WIE MEINE ELTERN DAHINTER KAMEN, DASS BALTHASAR DAHINTERSTECKTE, WEISS ICH NICHT MEHR. SICHER IST, DASS MAN DAMALS NOCH NICHT VON POLTERGEISTERN ODER PSYCHOKINETISCHEN ERSCHEINUNGEN SPRACH ... DAS WAR TEUFELSWERK ... BALTHASAR WAR EIN BESESSENER!
DAS IST DOCH ZAUBEREI ...
ICH VERSICHERE DASS
DAS BEGREIFE ICH NICHT ...
BATHASAR ...KOMM MIT!
KLEINER BASTARD! ...ICH WERDE DIR DEN TEUFEL AUSTREIBEN! ICH WERDE DICH KLEINKRIEGEN! ICH ...
NEIN! NEIN!
VATER PEITSCHTE IHN MIT DEM GÜRTEL AUS. DANN WURDE ER EINGESPERRT. ER KAM DANACH NICHT MEHR VOR DIE TÜR, WEIL MAN EINEN SKANDAL VERMEIDEN WOLLTE ... WENN BESUCH KAM, WURDE ER VORSICHTSHALBER IM KELLER EINGESCHLOSSEN ...
17

UND WIE HABEN SIE DAMALS REAGIERT ?
OH, ANFÄNGLICH AMÜSIERTE MICH DER HOKUSPOKUS, AUCH WEIL ER DAMIT MEINE ELTERN TERRORISIERTE ... DOCH LANGSAM WURDE ICH DURCH DIE REAKTION DER UMWELT DOCH EMPFINDLICH ... EINEN "IRREN" IN DER FAMILIE ZU HABEN, IST ALLES ANDERE ALS ANGENEHM, WENN MAN ANFÄNGT, ERWACHSEN ZU WERDEN ...
ICH STAND ALSO AUF DER SEITE MEINER ELTERN, ICH GLAUBE, DASS BALTHASAR DIES ZUSÄTZLICH ZUGESETZT HAT ...
STILL ... HÖREN SIE NICHTS ? ...
WAS ?
ICH GLAUBTE, SCHRITTE AUF DEM KIES ZU HÖREN ...
ICH HABE MICH WOHL GEIRRT ...
NA ... ICH GLAUBE, DASS DIE ISOLATION IN SEINER KINDHEIT UND SPÄTER, FÜR DIE ICH ZUM TEIL VERANTWORTLICH BIN, IHN SCHWER GEZEICHNET HAT.
DAS IST NOCH KEINE ENTSCHULDIGUNG FÜR SEINE TATEN, ABER ...
SCRITCH
SCRITCH
AH! DIESMAL BIN ICH GANZ SICHER!
ABER WER ...?
18

INZWISCHEN ...
NUN WISSEN SIE GENAUSO-VIEL WIEL ICH ...
ALSO HAT IN DIESER NACHT JEDER ...
SICHER! UND WENN SICH MANCHE AN DEN TRAUM NICHT ERINNERN, SO HABEN SIE IHN VERDRÄNGT ... VERDRÄNGT, ABER NICHT AUSGELÖSCHT ...
UND WAS BEDEUTET DAS ALLES?
IM ALLGEMEINEN IST DER TRAUM DER AUSDRUCK DES UNBEWUSSTEN IM MENSCHEN ... IN DIESEM FALL ...
... DRÜCKT ER DEUTLICH ÜBER ALLE ANDERE GEFÜHLE HERRSCHENDE ANGST AUS ... UND NIMMT DIE ANGST, AUCH DIE GESTALT DES VERBRECHERS AN ... IN ERSTER LINIE GEHT ES UM DEN VATER ODER DIE MUTTER, ODER UM EINE JUGENDERFAHRUNG ...
BBRROOOOOOOOOOOOOMM
ALSO ...
... IST UNSER MANN EHER EIN KATALYSATOR DER ANGST ... ER GIBT DER ANGST SEINE GESTALT ...
... EIN SCHRECKENSBILD ... EINE ART BUHMANN ...?

SEHR GUT DEFINIERT! DAS STIMMT, SO WIE WIR KINDERN MIT DEM BÖSEN ONKEL DROHEN, SO WIRKT AUCH DAS BILD DES VERBRECHERS AUF DEN TRÄUMENDEN!
ABER WER..? UND WARUM? ...DAS IST DIE FRAGE...
ICH MUSS JETZT GEHEN...
ICH KANN NUR EMPFEHLEN, SCHNELL ZU HANDELN!
"DENN NACH JEDER NACHT, NACH JEDEM TRAUM, WIRD DIE ANGST ZUNEHMEN UND JEDEN IMMER ABHÄNGIGER MACHEN"...
WAS FÜR EINE GESCHICHTE!
ICH BIN FROH, DASS ICH DA WEG BIN!

TOC TOC TOC
WER KANN DAS NUR SEIN..?
?
IST MONSIEUR DE SAINT-PAUL DA?
JA, KOMM REIN, JUNGER FREUND ...
WAS? WAS GIBT ES? ...
ICH SOLL IHNEN WAS ÜBERBRINGEN ...
ABER, JUNGER FREUND, WOHER WUSSTEST DU, DASS MONSIEUR DE SAINT-PAUL HIER IST...
OH, GANZ EINFACH... SEINE HAUSHÄLTERIN SCHICKTE MICH ZUM KRANKENHAUS... DORT GAB MAN MIR DIESE ADRESSE, UND IN DER DORFKNEIPE HAB' ICH NACH DEM WEG GEFRAGT ...
DU BIST ALSO 30 KILOMETER IM STRÖMENDEN REGEN GELAUFEN, WERTER FREUND? DU WIRST...
OH!

WER HAT DIR DEN BRIEF GEGEBEN ?
OCH, NEULICH ABENDS GAB'S BEI UNS IN NEUVILLE EINEN AUFLAUF ... LEUTE, POLIZEI ... ICH WAR NATÜRLICH AUCH DA ... UND DA SPRACH MICH EIN MANN AN UND SAGTE : " JUNGE, DU MUSST MIR EINEN GROSSEN DIENST ERWEISEN " ... ICH FAND DAS ZWAR ETWAS KOMISCH, ABER ER GAB MIR 100 FRANCS UND SAGTE, DASS SEIN KUNDE - SIE ALSO - WOHL NOCH 100 FRANCS DAZULEGEN WÜRDE, WENN ICH DEN BRIEF ÜBERREICHE! NA, DA HAB' ICH MICH ALSO AUF DEN WEG GEMACHT ...
WANN WAR DAS ?
VOR EIN PAAR TAGEN! DAS DATUM KÖNNEN SIE ...
... IN DER ZEITUNG NACHGUCKEN ... ES WAR VIEL LOS AN DEM TAG ...
... JA, SICHER DOCH ... ICH ... HAT ER NOCH ETWAS GESAGT ? ERINNERE DICH GENAU, ES IST SEHR WICHTIG ...
NEIN, NICHTS MEHR, VIELLEICHT WOLLTE ER, ABER ES KAMEN LEUTE, UND DA IST ER SCHNELL VERSCHWUNDEN ...
ZIEH' DEINE REGENJACKE MAL AUS, DANN KANN SIE TROCKNEN ... DU BIST GANZ NASS!
O.K., ABER KEINE FAULEN TRICKS ?! ... OHNE DIE 100 MÄUSE GEHE ICH NICHT!
KEINE BANGE, JUNGE, DU KRIEGST DAS GELD, ABER BEI DEM REGEN WILLST DU SICHER NICHT ZURÜCKGEHEN ... DU KANNST HIER SCHLAFEN ...

SPÄTER...
ALSO, WAS BEDEUTET NUN EIGENTLICH DAS ALLES, ALFRED ?
SEHEN SIE SICH DAS AN!
JA, EIN RING... DAS SEH' ICH, ABER...
DAS IST DER RING VON BALTHASAR ...
GOOD GRACIOUS !!!
DAS BEDEUTET DANN ALSO, DASS...
JA... MEIN BRUDER LEBT!
ABER DIE PRESSE UND DIE POLIZEI ...
LÜGEN, LÜGEN UND NOCHMAL LÜGEN ... ER LEBT, UND ER RUFT MICH!
GLEICHZEITIG, EINIGE KILOMETER ENTFERNT...
HÖR MAL... DAS UNWETTER KOMMT NÄHER ...
KOMM, ANGÈLE... ES HAT KEINEN SINN, SICH HÄNGENZULASSEN...
CRRRRBROOOOOOM
WAS WAR DAS ?
DER BLITZ HAT IN DER NÄHE EINGESCHLAGEN, VIELLEICHT DER SENDEMAST...
23

2 TAGE SPÄTER...
...ES SCHEINEN WIRKLICH SEHR VIELE MENSCHEN VON DEM VERBRECHER GETRÄUMT ZU HABEN... ABER IST DAS SO UNNATÜRLICH? HABEN WIR NICHT ALLE OFT AN DIE SITUATIONEN GEDACHT...?
E.D.F
"DER TRAUM KANN ALS EINE ART VENTIL FÜR UNSERE ÄNGSTE GESEHEN WERDEN, DARUM HABEN SIE ALPTRÄUME, MONSIEUR DUPONT! ABER MACHEN SIE SICH KEINE GEDANKEN : DIESE TRÄUME GEHEN, WIE SIE KOMMEN..."
"DANKE IHNEN, DOKTOR!"
"AH, NOCH EIN ANRUF!.. SIE SIND AUF SENDUNG, MADEMOISELLE"..."TAG, DOKTOR GRINGOIRE! ICH HABE EIN GROSSES PROBLEM : DIE HAUT AUF MEINER NASE IST OFT SEHR FETTIG..." KLICK
OH, HIER HAT DAS UNWETTER JA GEWÜTET! WO STEHT DER SENDEMAST?
BEI DER KIRCHE... BLEIB' ERST MAL HIER, ICH WERDE MIR DEN SCHADEN ANSEHEN...
SAINT LEU L'ESPERANCE
ICH BIN GLEICH WIEDER DA!
ABER DAS IST DOCH ...
GROSSER GOTT!

WELCHE DRAHT-STÄRKE?
LASS MAL, ES IST WITZ-LOS!
WAS HAT DER DENN AUF EINMAL?
KANN ICH MAL TELEFONIEREN?
WAS IST EIGENTLICH LOS?
OH!... SCHEISSE!
HIER DAUZONNE! JA, GRÜSS DICH, GIB MIR MAL SCHNELL DEN BOSS!... WAS?... ICH MUSS IHN TROTZDEM JETZT SPRECHEN... JA, ES IST DRINGEND...
JA, HALLO? WIR HABEN WIEDER EINEN! KEIN ZWEIFEL, MIT SO 'NER RUNDEN ANTENNE OBEN... JA, GENAU, JA... IN... IN SAINT LEU L'ESPÉRANCE...
25

ZWEI MAL SAUERKRAUT UND...
WIE WÄR'S MIT EINEM RIESLING DAZU..?
MÜNSTERBRAU
IST DER RIESLING FÜR DIE WÜRSTCHEN ODER WEGEN UNSERER RESULTATE?
FÜR BEIDES, HEUTE HABEN WIR DEN ACHTEN GEHEIMNISVOLLEN SENDEMAST ENTDECKT...!
WO NUN ALLE GEWARNT SIND, MÜSSEN WIR DIE DINGER SCHNELL UNSCHÄDLICH MACHEN ...
BIST DU SICHER, DASS DIESE DINGER DIE ALPTRAUM-EPIDEMIE DER LETZEN TAGE AUSGELÖST HABEN?
WARUM HAT MAN SIE SONST AUFGESTELLT? ALS NATURSCHÖNHEIT?... FACHLEUTE HABEN DIE ANTENNEN AUSEINANDERGENOMMEN UND VERSUCHT, ETWAS ÜBER DIE ART DER WELLEN UND DER SCHWINGUNGEN HERAUSZUBEKOMMEN..
ABER WIR HABEN WOHL ETWAS ANDERES ZU TUN... WIR HABEN FAST DEN WEG, DEN DAS SCHWARZE AUTO AN JENEM ABEND ZURÜCKGELEGT HAT, REKONSTRUIERT: VIERZON, LIMOGES, BRIVE...
DAS IST DIE ROUTE NACH SPANIEN... LANGUEDOC ...
UBER DECAZEVILLE...
ABER WAS WILL MAN DA?
KEINE AHNUNG, DA GIBT'S NUR EIN PAAR GEHÖFTE ...DARUNTER ...
MONTBAZIAC! ...VERDAMMT!
26

BEUN-RUHIGEND ...
BESONDERS, DA NACH MEINUNG DER EXPERTEN DER HAUPTSENDER IN DEM GEBIET ZWISCHEN RODEZ, CLERMONT UND PERIGUEUX STEHEN MUSS ...
BOULANGER
VIELLEICHT HATTEST DU SOGAR RECHT, ALS DU VOM BUND DER KRALLE SPRACHST ...
KOMMISSAR, DA WARTET JEMAND AUF SIE ...
MONSIEUR THOMPSON! WAS VERSCHAFFT UNS DIE EHRE IHRES BESUCHS?
MEIN FREUND ALFRED DE SAINT-PAUL IST VERSCHWUNDEN!
GESTERN MORGEN, ALS ICH DAS FRÜHSTÜCK BEREITETE, FAND ICH DIESEN BRIEF AUF DEM KÜCHENTISCH ...
GESTERN MORGEN?! UND SIE INFORMIEREN MICH ERST JETZT ?!?
BUT ... SEHEN SIE ... ER BAT MICH, NICHTS ZU UNTERNEHMEN UND NIEMANDEM ETWAS ZU SAGEN ...
ABER NUN SIND SIE DOCH DA! ...
ER IST GERADE AUS DEM HOSPITAL ENTLASSEN WORDEN UND STEHT NOCH UNTER SCHOCK.
POOR ALFRED, WO KANN ER NUR SEIN?
WO ?... IN MONTBAZIAC, IM HOTEL DES VOYAEURS ... ZIMMER 11 ...
WHAT?

JA, ALLE SCHWARZEN SEDANS UND ALLE VERDREHTEN SENDEMASTEN WEISEN IN RICHTUNG MONTBAZIAC... ALSO GEHEN ALLE ALTEN PROFESSOREN WOHL AUCH IN DIE RICHTUNG.
MEINEN SIE DAS ERNST?
DAS IST KEINE HELLSEHEREI, DIE ZWEI MÄNNER, DIE IM HOSPITAL ÜBER DIE SICHERHEIT IHRES FREUNDES WACHTEN, SIND IHNEN NACH DRAUSSEN GEFOLGT...
ER WURDE BEOBACHTET..?
DE SAINT-PAUL HAT DEN 11 UHR 15-ZUG VON PARIS NACH TOULOUSE GENOMMEN, IST IN BRIVE UND IN FIGEAC UMGESTIEGEN UND UM 21 UHR 50 IN MONTBAZIAC ANGEKOMMEN, DA HAT INSPEKTOR MORLAINE DEN FALL ÜBERNOMMEN.
JEUX
WAS ICH ALLERDINGS NOCH GERNE WÜSSTE: WARUM UNTERNIMMT EIN ALTER, MÜDER UND NOCH NICHT GENESENER MANN WIE ALFRED DE SAINT-PAUL EINE SOLCHE REISE?
ABER... ICH... NATÜRLICH... WEGEN DES BRIEFES DES JUNGEN...
WIE? WAS FÜR EIN BRIEF? WELCHER JUNGE?
OH, EINES ABENDS KLINGELTE EIN JUNGE BEI MIR... ABER DAS HABEN IHNEN IHRE BEAMTEN SICHER SCHON ERZÄHLT...
...
ER WOLLTE ZU ALFRED, UM IHM DEN RING SEINES BRUDERS BALTHASAR ZU ÜBERBRINGEN, ER SAGTE, ER KÄME VON IHM...
WAS ZUM TEUFEL ERZÄHLEN SIE DA?

"EIN BESUCHER, EIN JUNGE AUS DER UMGEBUNG" ... STEHT IN MARTINS BERICHT! WAS FÜR EIN IDIOT! DER KANN SICH FREUEN!
ABER, KOMMISSAR... DER JUNGE IST ERST AM ANDEREN MORGEN WEGGEGANGEN... DARUM...
DRIiiING
MONTBAZIAC? JA, HALLO... AH, MORLAINE!... UND?... WAS?!
ER IST EUCH ENTWISCHT?! UND DANN?... JA, JA... ICH HABE ES VERSTANDEN... IHR HABT EUCH TÄUSCHEN LASSEN... JA, ER IST VOR EUREN AUGEN VERSCHWUNDEN!... BRAVO, MORLAINE, BRAVO...
SO EIN IDI...
DER RIESLING WAR ALSO DOCH FÜR DIE WÜRSTCHEN?
VERZEIHEN SIE MEINE NEUGIER... GING ES UM ALFRED? WENN ER AUF DER RICHTIGEN SPUR IST, GLAUBEN SIE NICHT, DASS ER IN GEFAHR IST? VIELLEICHT SOGAR IN GROSSER GEFAHR!
HALTEN SIE HIER... UND KEIN WORT...
SO SCHLIESST SICH DER KREIS ALSO! NACH 30 JAHREN BIN ICH HIER, WO ALLES ANFING...
ABER?
29

EIN STACHEL-DRAHTZAUN ... SOLL ICH ..?
WARUM NICHT?
GUT! BIS AUF DEN STACHELDRAHT SCHEINT ALLES SO WIE DAMALS GEBLIEBEN ZU SEIN ...
KOMISCH ... ICH HABE DAS GEFÜHL, ALS WÜRDE ICH ...
BZZZZ
MEINST DU NICHT ...
... DASS GEFAHR DROHT? JA, ALLE SPUREN FÜHREN ZUSAMMEN, WIR SIND DICHT VOR DEM KNALL!
KOMM MIT! WIR GREIFEN JETZT EIN!
KEINE MINUTE ZU VERLIEREN!
RODOLPHE / J. FERRANDEZ 81

GLEICHZEITIG...
ICH WIEDERHOLE : DAS WAR EIN KLEINER IRRTUM! ...LÄSTIG, SICHER, WEIL SICH DIE GROSSE OPERATION NUN TAGE VERZÖGERT... ABER RUHIG BLUT... ES IST NOCH NICHTS VERLOREN! SOBALD UNSER MEDIUM WIEDER GESUND IST, WIRD PROFESSOR HELMUT ES WIEDER OPERIEREN, UND DIE NEUE ZELLE, DIE EINGEPFLANZT WIRD, WIRD...
DOKTOR! DOKTOR!
ALARM IN SEKTOR 7!
ENTSCHULDIGEN SIE MICH BITTE, MEINE HERREN...
NEIN, ER SCHEINT ALLEIN ZU SEIN... SOLLEN WIR...?
NEIN! ZU SPÄT! SCHNAPPT IHN EUCH!
?
DER HUBSCHRAUBER STEHT BEREIT! SIMON, LE QUEN, MEVEL, SIND SIE FERTIG? O.K.! AH, THOMPSON, ICH BRAUCH SIE VIELLEICHT NOCH! BEGLEITEN SIE UNS DOCH BITTE...

EINE STUNDE SPÄTER...
WAS GESCHIEHT NUN?
GEGEN 9 UHR SIND WIR DA...
ALLES KLAR?
WENN SIE, THOMPSON, UNS NUN NOCH MAL GENAU DEN BESUCH DES JUNGEN SCHILDERN WÜRDEN? VERSUCHEN SIE, SICH AN JEDES SEINER WORTE ZU ERINNERN ... DAS KLEINSTE DETAIL KANN SEHR WICHTIG SEIN!
INZWISCHEN...
ICH PROTESTIERE! DAS IST EIN SKANDAL ... LASST MICH LOS!
LOSLASSEN, SAG ICH! AU! DAS TUT WEH!
HÖRT AUF DAMIT!... AU! IHR SCHWEINE! ...
32

ALFRED! ALFRED IST HIER!... ICH MUSS SCHNELL...
AAH! MEIN KOPF...
ABER...HE!... DER VERBAND!... WENN SIE MICH WIEDER OPERIERT HABEN, DANN HABEN SIE SICHER DAS SCHEISSDING RAUSGEHOLT ...ICH BIN ALSO FREI...
IHR BRUTALEN WILDEN!
HALT DEN MUND!
AH... UNSER NEUGIERIGER!
KOMMEN SIE NÄHER...
ABER... ICH KENNE SIE... SIE... SIND DER BRUDER VON...
MEIN BRUDER?! ICH...
JETZT BEGREIFE ICH! BALTHASAR!... SIE HABEN BALTHASAR ENTFÜHRT! DIE VERBRECHEN... DIE MORDE, DER WAHNSINN... DAS IST ALLES IHR WERK ...
ICH WARNE SIE... WENN SIE BALTHASAR NICHT FREILASSEN, DANN ...
?
AAAAAAAA

HA! HA! HA!
IHREN BRUDER ENTFÜHRT! WAS FÜR EIN WITZ...
WERTER FREUND, WIR HABEN IHREN BRUDER GERETTET! HABEN SIE DAS BEGRIFFEN? BALTHASAR ARBEITET NUN FAST 30 JAHRE FÜR UNS! ... ICH KENNE IHN BESSER, ALS IRGENDJEMAND SONST!
ALS 12 JÄHRIGER WAR DER EIGENARTIGE JUNGE ZIELSCHEIBE FÜR SPÖTTELEIEN... ER WURDE VON JEDEM GEHASST UND VERACHTET, FAMILIE, FREUNDE - ALL DAS KLEINGEISTIGE PACK LIESS IHN FÜR SEIN ANDERSSEIN BÜSSEN... FÜR SEINE GRÖSSE, SEINE GENIALITÄT... BIS AUF OTTO MÖRGEN, DER IHN BEGRIFF... ICH BESCHLOSS DANN, IHM ZU HELFEN ... ICH HABE IHN UNTER MEINE FITTICHE GENOMMEN, ICH HABE IHM ALLES GELEHRT, IHM ALLES ERKLÄRT! ER IST MEHR ALS EIN VERSUCHSKANINCHEN, ER IST WIE EIN SOHN!
1925 HAT PROFESSOR HOLTZER, EIN HERVORRAGENDER WISSENSCHAFTLER UND FREUND, IHM EINE ELEKTRISCHE ZELLE EINGESETZT... EINE BEISPIELLOSE TAT IN DER GESCHICHTE DER MEDIZIN! SICHER, ES WAR NUR EINE TESTZELLE, SIE WAR NOCH SEHR SIMPEL... ABER DENNOCH! EINIGE MONATE SPÄTER ENTPUPPTE BALTHASAR SICH ALS FÜHRER EURER JUNGENBANDE, 1926, EIN JAHR SPÄTER, HABE ICH IHN VOR EINEM FÜRCHTERLICHEN TOD GERETTET, DEN SIE, SEIN BRUDER, UND SEINE SOGENANNTEN FREUNDE HERBEIFÜHREN WOLLTEN!
DACHTEN SIE, DASS ER SIE ZUFÄLLIG NACH DORDON GEBETEN HAT..? ICH HATTE DAS LANDGUT SCHON 1920 GEKAUFT... EURE "FIESTAS" WAREN IDEAL FÜR UNTERSUCHUNGEN... UM DIE REAKTIONEN UNSERES VERSUCHSKANINCHENS ZU BEOBACHTEN UND ZU TESTEN ...
WAS IST DENN NUN SCHON WIEDER ?!
?
AAAAAA
IST ETWAS?
ALL DIE SCHLIMMEN HIRNOPERATIONEN WERDEN NOCH...
?!

INZWISCHEN...
SO, DA SIND SIE!
DER TAXIFAHRER IST DA... ER KANN UNS MITNEHMEN.
BEEILT EUCH!
DA HAB' ICH IHN ABGESETZT, ETWAS WEITER LINKS...
WAS SUCHTE ER HIER IM WALD?
KANN ICH NUN GEHEN?
ER SAGTE, DASS ER NACH DORDON WOLLTE...
WAS?
SIND WIR HIER IN...?

DIE LETZTE WOCHE HAT DAS GANZE VOLK VOR ANGST GEZITTERT! DOCH DAS WAR NUR EIN ERSTER TEST AUF BREITER EBENE, UM DIE ZUVERLÄSSIGKEIT DER ZELLE AUF GROSSE ENTFERNUNGEN ZU TESTEN, WIR MUSSTEN NUR NOCH DEN AUFTRAG AUSDENKEN, DEN DAS MEDIUM AUSZUFÜHREN HATTE. DA HATTE ICH FOLGENDEN EINFALL: OHNE SEIN WISSEN SOLLTE BALTHASAR SEIN EIGENER RÄCHER WERDEN. ER SOLLTE DEN AUFTRAG BEKOMMEN, ALL DIE MENSCHEN ZU LIQUIDIEREN, DIE VOR 30 JAHREN VERSUCHT HABEN, IHN ZU TÖTEN, DESHALB DAS GETUE MIT DER KRALLE, DEM TELEFONBUCH UND DAS ZEICHEN DES KREUZES! ICH MUSS GESTEHEN, DASS ICH MIT MEINER IDEE SEHR ZUFRIEDEN BIN...
SCHADE, DASS UNS IHR BRUDER DURCH EINEN KLEINEN TECHNISCHEN FEHLER ENTWISCHTE...
...UND SEINEN AUFTRAG NICHT VOLLENDEN KONNTE...
MORGEN WIRD ER AUFS NEUE OPERIERT, IHM WIRD EINE MAKELLOSE ZELLE EINGEPFLANZT... UND DANN BEGINNT ERST MEIN EIGENTLICHER PLAN!

HABEN SIE SCHON MAL VON TETRA-WELLEN GEHÖRT? TSS... DAS IST DIE GRÖSSTE ENTDECKUNG DER WISSENSCHAFT!
STELLEN SIE SICH MAL VOR, DASS WIR... PAFF... VON ALLEN WELLEN, DIE GEHIRNE AUSSENDEN, DIE ISOLIEREN KÖNNEN, DIE UNS GENAU...
UND DAS IST DIE BERÜCHTIGTE ABTEI...
FUSSABDRÜCKE!
SIE FÜHREN IN RICHTUNG WALD! ...
SEHT MAL!
GROSSER GOTT!
DAS IST DOCH DER HAUPTSENDER ...
37.

...DANN WIRD VON TURM ZU TURM, VON MAST ZU MAST, BALTHASARS BILD, DIE UNIVERSALE MASKE DER ANGST, STÄNDIG AUSGESTRAHLT WERDEN UND DIE GEHIRNE FOLTERN!
WOHIN FÜHRT DIESER WEG?
NACH LEPRAT!
GUT! ICH WARTE HIER AUF VERSTÄRKUNG! ICH SEH MICH MIT SIMON MAL UM...
PASST AUF... LASST UNS VERSUCHEN, UNBEMERKT ZU BLEIBEN!
DANN WERDEN DIE MENSCHEN WIE ÄNGSTLICHE SCHAFE UND BANGE KINDER SEIN, UND ICH WERDE MIT JEDEM, DER SCHLÄFT, MACHEN KÖNNEN, WAS ICH WILL!.. JA, MORGEN WERDE ICH DER ABSOLUTE HERRSCHER ÜBER SCHLAF UND TRÄUME SEIN!... DANN BIN ICH DER
MEISTER DER NACHT!
HERR DOKTOR! HERR DOKTOR! DIE POLIZEI!
?!

UFF! WAS?... GUT, ICH KOMME ...
VERSTECKT IHN GUT!
POLIZEI?! TEUFEL!.. ... WAS BEDEUTET DAS?
SIND ES NOCH MEHR?
JA, SIE HABEN SICH IN GRUPPEN AUFGETEILT ...
UND DAS, WAS IST DAS? WOHNT DA JEMAND?
JA, EIN KOMISCHER TYP. DIE LEUTE NENNEN IHN DEN "DEUTSCHEN", ABER ICH GLAUBE, DASS ER EIN ÖSTERREICHER IST... EIN BARON ODER SO WAS... ER IST SCHON 30 ODER 40 JAHRE HIER, ABER ER VERLÄSST NIE DAS HAUS... MAN KRIEGT NUR SEINE HAUSHÄLTERIN ODER EINE SEINER LEIBWACHEN ZU GESICHT...
LEIBWACHEN?!
ACHTUNG! ACHTUNG! POLIZISTEN NÄHERN SICH DEN ZUGANGSWEGEN ZUR BASIS! JEDER BEZIEHT SO SCHNELL WIE MÖGLICH DEN IHM ZUGEWIESENEN POSTEN!
KEINE DUMMHEITEN MACHEN! BEFEHLE ABWARTEN, UND VOR ALLEM NICHT SCHIESSEN!
NICHT SCHIESSEN?! DENKEN DIE VIELLEICHT, DASS WIR NOCH KINDER SIND?!

DENKEN SIE..?
MÖGLICH IST ALLES! ES IST SCHLIESSLICH DAS ANWESEN, DAS DEM SENDEMAST AM NÄCHSTEN LIEGT...
GEBT MIR DECKUNG!
DING DING
ALFRED, SCHNELL...
BALTHASAR!
ABER... WAS GEHT HIER VOR?
SPÄTER! STILL!
DIESE RUHE GEFÄLLT MIR GAR NICHT...

GEGEN DIE POLIZEI HABEN WIR NUR EINE CHANCE, WENN WIR BESONNEN HANDELN. HÖRT MEINEN PLAN...
PAN
EIN SCHUSS!
VERDAMMT! ... DIESE IDIOTEN!
GIB MIR DECKUNG!
BANDITEN!
STÜTZEN SIE SICH AUF MICH...
IDIOTEN! SEID IHR DENN TOTAL VERRÜCKT?! JETZT SIND WIR DRAN! JETZT FALLEN SIE ÜBER UNS HER WIE EINE MEUTE WILDER HUNDE!...
GLAUBT IHR, DASS WIR HIER IM WILDEN WESTEN SIND? ODER AUF DEM JAHRMARKT?! NUN SCHIESST WENIGSTENS WEITER, DAS IST JETZT UNSERE EINZIGE CHANCE!
41

KOMM MIT!
WEISST DU, WO ?
JA!
VORSICHT!
DURCH DEREN SCHULD VERLIEREN WIR JETZT UNSER GESAMTES LABOR UND DEN SENDER MIT ALLEN AUSSENSTELLEN!
ABER GUT! BEEILEN WIR UNS! WIR VERSUCHEN, SO LANGE WIE MÖGLICH DURCHZUHALTEN! DANN WIRD HELMUT DAS LABOR VERNICHTEN!
VERGISS NICHT, DIE POLIZEI DARF HIER NICHTS FINDEN... WEDER MATERIAL, NOCH ZEUGEN, VERSTANDEN?
WAS MICH BETRIFFT...
HE! WAS IST DENN DAS ?!?
42

EIN AUTO! SCHNELL, STEIG EIN!
PASS AUF! DA KOMMT JEMAND!
VERDAMMTE VERSAGER ...
ZUM GLÜCK KANN ICH DIE PLÄNE DES SENDERS UND DER NEUEN ZELLE RETTEN!
DER KOMMISSAR IST VERWUNDET!
IST ES SCHLIMM?
ES GEHT SCHON... NUR EIN STREIFSCHUSS...
ZWEI KOMPANIEN SIND UNTERWEGS. DIE WERDEN IN 20 MINUTEN HIER SEIN...
ALLES UMZINGELT? FORDERE SIE AUF, SICH ZU ERGEBEN!

HALLO! HALLO! HIER SPRICHT DIE POLIZEI!
CLIC
SIE SIND UMSTELLT! SIE HABEN KEINE CHANCE!
DA! EIN FAHRSTUHL
STILL!
WIR GEBEN IHNEN 5 MINUTEN, UM MIT ERHOBENEN HÄNDEN HERAUSZUKOMMEN...
BZZZZZ
AUF DIE STOSSSTANGE! SCHNELL!
UND JETZT VOLLGAS!
WIR SITZEN IN DER FALLE!
44

VERDAMMT, JETZT MÜSSEN WIR 2 KILOMETER LAUFEN! SCHAFFST DU DAS?
ZWEI KILOMETER IN DIESER DUNKELHEIT!
DEINE AUGEN GEWÖHNEN SICH DARAN...
PAN PAN PAN
ABER ...
HÖR MAL! ICH GLAUBE, DA OBEN GEHT DER TANZ LOS!
LASST SIE NICHT ZU NAH' RANKOMMEN! SCHIESST AUF ALLES, WAS SICH BEWEGT!
TAC TAC TAC
DER MINISTER IST DA, BEI MORLAINE!
PAN PAN
RATAT
GUT, ICH GEHE HIN! ABER SEID VORSICHTIG, DIE MÄNNER BLEIBEN IM VERSTECK!
RODOLPHE / J. FERRANDEZ 81.

GUTEN TAG, KOMMISSAR! SCHLIMME SACHE!... ABER?... SIND SIE VERWUNDET?...
ACH, ES IST NICHTS, ...ICH GLAUBE, ICH HATTE GLÜCK...
WIE SIEHT ES AUS?
SCHLECHT! ES SIND VIELE UND SIE SIND GUT BEWAFFNET. ANGREIFEN WÄRE SELBSTMORD... WIR WARTEN BESSER AUF DIE SPEZIALEINHEIT...
UND DORT?
GENAUSO!
EIN-GEGRABENE BUNKER!
ZEIGEN SIE MAL!
DA HABEN WIR 2 SCHIESSLUKEN, DA EINE UND DORT NOCH EINE. DA OBEN AUCH, EINE ÖFFNUNG, ...10 ODER 12 MANN ZUSAMMEN!
WENN WIR NICHT KAMIKAZE SPIELEN WOLLEN, SEHE ICH KEINE CHANCE, SIE DA RAUSZUKRIEGEN!
MIT GAS WÄRE DAS 'NE KLEINIGKEIT.
WO BLEIBEN SIE NUR?
46

SIEH AN, WIE NETT.
DER WEG IST FREI ?!... GUT!
NUN KANN OTTO MÖRGEN NICHTS MEHR AUFHALTEN!
VOR TAGESANBRUCH BIN ICH IN SICHERHEIT...!
!!?
PASS AUF!
DA HÄTTE NICHT VIEL GEFEHLT, UND WIR WÄREN IM GRABEN GELANDET!... EIN IRRER...
WARTE MAL, DAS AUTO...

INZWISCHEN...
WOHER WUSSTEST DU, DASS ICH IN DORDON WAR ?
ES WAR EINFACH SO EIN GEFÜHL... ICH WUSSTE DASS DU HIER WARST... WIE SOLL ICH MICH AUSDRÜCKEN... INTUITION ..?
MANCHMAL FRAGE ICH MICH, OB ICH NICHT ETWAS VON DEINEM TALENT GE-ERBT HABE...
DA IST DAS ENDE DER HÖHLE ! NUN MAL SEHEN, WIE DER ÖFFNUNGS-MECHANISMUS FUNKTIONIERT !
?
WILLST DU DAMIT SAGEN, DASS DU ES NICHT WEISST ?
MACHEN SIE SICH MAL KEINE SORGEN, WIR WERDEN ALLES TUN, DASS IHR FREUND, WENN ER DA DRIN GE-FANGEN GEHALTEN WIRD, NICHT IN GEFAHR KOMMT ! FÜR DEN ANGRIFF NEHMEN WIR GAS, UND...
HE, INSPEKTOR ! EIN ANRUF !
727 RQ1
JA... INSPEKTOR MORLAINE... ICH, WAS ... EIN SCHWARZES AUTO ? EIN SEDAN..? WO ? HINTER LEPRAT ... GUT... ICH INFOR-MIERE JETZT DEN KOMMISSAR...
WIE KONNTE DER ENT-KOMMEN ?
DAS WEISS ICH NICHT, WICHTIGER IST ES, IHN ZU FASSEN ! WETTEN, DASS DER ANFÜHRER DER BANDE IN DEM WAGEN SITZT ?
48

MORLAINE, INFORMIER ALLE POLIZEIPOSTEN!... ALLE STRASSEN ABSPERREN!
SO, UND ICH... STEHT DER HUBSCHRAUBER NOCH FÜR MICH BEREIT?
JA, ABER DER PILOT SCHLÄFT, ...NACH DIESEM TAG... WIRD ER KAUM NOCH...
DER HUBSCHRAUBER IST UNSERE EINZIGE CHANCE!
THOMPSON, KÖNNEN SIE ALS EHEMALIGER RAF-PILOT SO EIN DING FLIEGEN?
?
ABER KOMMISSAR... ICH WEISS NICHT, OB...
ICH ÜBERNEHME DIE VOLLE VERANTWORTUNG!
ETWAS SPÄTER...
ALL-RIGHT...
DRIIIING
JA, WIR SIND BEREIT ...NEIN NOCH NICHT... JEDEN AUGENBLICK...
ICH RUFE ZURÜCK, SOBALD... OH, DA KOMMT ER...!
VERFLUCHT, EINE SPERRE!

ICH HABE NUR EINE CHANCE ... DURCH!
HE... PASS AUF!
TACATAC
HAHAHA! ANFÄNGER!
LOUIS... LOUIS... ER HAT IHN ...
EIN POLIZIST ERSCHOSSEN?
ER HAT DIE SPERRE DURCHBROCHEN!...
DA VORNE IST ER!
GUT SO... MITTEN AUF DIE STRASSE... JA, GENAU IN DIE MITTE...
KEINE KREUZUNG ... ER MUSS HIER VORBEI! DIESMAL KRIEGEN WIR IHN!
STILL, HÖR MAL!
50

BAOOM
ICH GLAUBE, JETZT SIND SIE REIF ...
DANN LOS!
AUF MEIN ZEICHEN!
CHEF! SIE GREIFEN AN! WIR MÜSSEN UNS ERGEBEN!
ABER...
SIND SIE VERRÜCKT ?! SO GEHEN WIR ALLE DRAUF!
OW
!?
GEMEINER SCHUFT!
WIR SIND AM ENDE! MÖRGEN IST GEFLÜCHTET ... WIR SOLLTEN UNS BESSER ERGEBEN!

SO, WIEDER AN DER FRISCHEN LUFT! SIEHST DU, WENN MAN DIE RUHE BEWAHRT...
PASS AUF! EIN AUTO!
WIR TRENNEN UNS!
ABER... WIE...
HALT IHN AN... ICH KOMME KLAR...
HE! HALT! ANHALTEN!
DE SAINT-PAUL ?! ABER WIR DACHTEN, SIE SEIEN GEFANGEN! STEIGEN SIE EIN... ICH FAHRE ZUM KOMMISSAR!
DER KOMMISSAR VERFOLGT MIT THOMPSON DEN ANFÜHRER...
WOLLEN SIE NICHT ERZÄHLEN, WIE SIE HIERHER GEKOMMEN SIND..?
NATÜRLICH...
INZWISCHEN...
AUF DIESEN BERGSTRASSEN KANN NIEMAND EINEN "MORGEN-SPEZIAL" EINHOLEN!
NUN MACH MAL... MOTORCHEN ...SING LAUT... "DIE BERGE GEHÖREN MIR" ...
SIE DACHTEN, SIE KÖNNTEN MICH ERWISCHEN ...
TEUFEL
52

AUFGEPASST! DA IST ER!...
ER ENT-WISCHT UNS !!!
INZWISCHEN...
NICHT MEHR SCHIESSEN!
MEIN KOPF! ...WO SIND DIESE FEIGLINGE ?!?
HÄNDE HOCH! EINER KOMMT NACH DEM ANDEREN RAUS! KEINE FALSCHE BEWEGUNG!
VER-DAMMT! ...DER SELBST ZER-STÖRUNGS-MECHA-NISMUS!
BAOOM
GEWONNEN !!!
DER ARME HELM...
HE!

ALLES VERNICHTET ?... EINE EXPLOSION ?... JA, DIE HABEN WIR GEHÖRT! WIR...
HE! DA, DAS AUTO!
GLAUBEN SIE, DASS...?
ICH GLAUBE, DAS WAR'S ...
ES WIRD HELL...
54

EIN PAAR TAGE SPÄTER...
"DER ANGRIFF BEGANN UM 3 UHR 30. DREI SPEZIAL-EINHEITEN WAREN BETEILIGT..."
"ES DAUERTE ZWEI STUNDEN, BEVOR DIE POLIZEI DIE SITUATION IM GRIFF HATTE... DANN ERGABEN SICH DIE BANDITEN..."
"SECHS TOTE, DAVON ZWEI POLIZISTEN, UND 20 VERWUNDETE... DAS IST DIE BILANZ UND DAS ENDE DER GANZEN AFFAIRE. TROTZDEM HABEN DIE POLITIKER BIS JETZT JEDE STELLUNGSNAHME VERWEIGERT..."
"...SO AUCH KOMMISSAR RAFFINI, DER DEN FALL VON ANFANG AN GELEITET HAT... "STAATSGEHEIMNIS" FLÜSTERN EINIGE, UND DER ABGEORDNETE BROUSÉE SPRICHT VON HINWEISEN AUF EINEN "INTERNATIONALEN BOLSCHEWISTISCHEN KOMPLOTT"..."
"...WÄHREND DIE OPPOSITION DIE REGIERUNG BESCHULDIGT, BEWUSST FAKTEN ZU UNTERSCHLAGEN... WIR KÖNNEN NUR HOFFEN, DASS DIE SACHE SO SCHNELL WIE MÖGLICH AUFGEKLÄRT WIRD..."
"TENNIS: AUSTRALIEN BEHÄLT DEN DAVISCUP. ZWEI JUNGE SPIELER, ROSWALD UND HOAD, GEWANNEN IHRE PARTIE..."
PARDON.
PARDON...
55

LE DICTATEUR
CHARLIE CHAPLIN
TAXI!
ICH MUSS NOCH EINEN BRIEF ABGEBEN...
LA DEPECHE
LE MYSTERE DES REVES
DORDON: LA FOLIE
La vie secrete de GLORIA LASSO
SIR?
A LETTER FOR MRS. SITWELL.
MMM...
56

ER IST WIRKLICH GUT!
OFCOURSE! THOMPSON HAT IHN MIR GESCHICKT! KÖNNEN SIE SICH NOCH AN THOMPSON ERINNERN, DEN EMPFANG BEI DER FAMILIE MORRIS...
GOOD GRACIOUS! UND OB ICH MICH ERINNERE! WIE GEHT ES IHM ?... WOHNT ER NOCH IMMER IN FRANKREICH ?
JA, KÜRZLICH HAT ER DER FRANZÖSISCHEN POLIZEI GEHOLFEN, DEN VERBRECHER ZU FASSEN, ÜBER DEN DIE ZEITUNGEN SCHRIEBEN!
DIESEN SADISTEN MIT DER KRALLE? WIE SCHRECKLICH! ...WAS ES IN DEM LAND NICHT ALLES GIBT!... DA LOB' ICH MIR DOCH ENGLAND!
YES, THANK GOD! SO ETWAS KÖNNTE HIER NICHT PASSIEREN!
ANOTHER CUP OF TEA?

RODOLPHE
FERRANDEZ. 81

ENDE

DUBON
DUBON
DUBONNET